AF590526

LE MASQUE DE FER OU LES AVANTURES ADMIRABLES DU PERE ET DU FILS,

TROISIE'ME PARTIE.

A LA HAYE,
CHEZ PIERRE DE HONDT.
MDCCL.

LE MASQUE DE FER OU LES AVANTURES ADMIRABLES DU PERE ET DU FILS; ROMANCE,

Tiré de l'Eſpagnol.

CHAPITRE XI.

JE ne fus pas la ſeule qui fit attention au retour de mes charmes, Dom Guſman Dalinkaras, qui partageoit la faveur du Roi avec le premier Miniſtre, vint dîner un jour chez Menquès, & fit connoître bien-tôt

 par

par des viſites fréquentes & aſſiduës ; qu'il m'avoit trouvé à ſon gré ; Keelmie s'interrompit dans cet endroit. Elle ignoroit que Dom Pédre & la Princeſſe connuſſent le Courtiſan dont elle parloit ; il eſt eſſentiel continua t'elle que je vous faſſe le portrait de l'Amant qui va paroître ſur la Scéne : c'eſt à lui à qui je dois tous mes malheurs, & il eſt d'une néceſſité indiſpenſable pour la ſuite de mon Hiſtoire, que je m'arrête ici un moment.

GUSMAN Dalinkaras devoit plus ſa furtune à ſes brigues ſecrettes, qu'à ſon propre mérite ; ſon eſprit ambitieux & inquiet, lui avoit toûjours fait regarder avec un œil d'envie tous ceux que la faveur du Roi avoit placé dans des poſtes éminens ; non-ſeulement il en étoit jaloux, mais même il travailloit ſans ceſſe à chercher le moyen de leur nuire, il ſembloit que leur chûte dût ſervir à ſon élévation ; plus de vingt perſonnes en place qui n'y étoient plus, auroient pû rendre témoignage de cette vérité, s'ils euſſent été inſtruits de la cauſe ſecrette

crette de leur disgrace, mais il se conduisoit dans ses trames cachées avec tant de secret & de politique qu'il y avoit très-peu de gens qui en eussent la Clef.

L'ON prétendoit qu'il devoit la faveur suprême où on le voyoit, à l'une de ses pratiques dont je viens de parler. Il avoit trouvé le secret de découvrir les relations intimes, entre la Sœur du Roi & le Viceroi de Catalogne : il les avoit fait connoître au Souverain, & cette preuve de la plus noire envie qui fut envisagée alors comme les témoignages du zèle le plus pur, fut récompensé de la place qu'occupoit le malheureux Dom Pédre. L'esprit souple, patelin, politique & complaisant de ce Courtisan envieux réussirent auprès du Monarque, & il se rendit si agréable & si nécessaire, qu'il ne pouvoit plus s'en passer absolument. Il fut comblé d'honneur, de dignités & de richesses en moins de tems qu'il n'avoit travaillé à les mériter.

JE ne fus informée des causes de l'élévation de ce Favori, que bien long-tems après ; Dona Médulina n'eut garde de m'en faire part, elle avoit des vûës secrettes pour perdre ce Courtisan que je n'avois garde de prévoir, & elle vouloit me faire servir à renverser une fortune qui faisoit ombrage à celle de son mari : loin de me rien dire qui pût lui faire tort dans mon esprit, elle me vanta cent qualités qu'elle lui suposa, afin que je le reçusse bien & qu'il s'engagea de plus en plus dans mes fers. Vous ne tarderez pas à deviner le principe de cette conduite sans être initiés aux Mystéres d'une politique que je n'ai jamais pû aprouver, j'en fus bien tôt éclaircie : je compris peu de tems après par la disgrace de ce Favori, que si l'on avoit eu pour lui des bontés, qu'elles étoient feintes, & que je servois de prétexte au coup fatal qu'on vouloit lui porter.

La facilité avec laquelle Gusman pouvoit me voir, rendit bien-tôt ses visites si fréquentes qu'on ne tarda pas à en connoître le principe, c'étoit que ce Dona Médulina souhaitoit avec

avec ardeur : loin qu'elle fût un obstacle à ses vûës elle lui facilitoit au contraire, sans qu'elle parut le vouloir, tous les moyens de m'entretenir; de mon côté, je ne fis aucune démarche pour éviter ses visites, dans la résolution où j'étois d'arracher jusqu'au germe d'une passion qui me devenoit de plus en plus en horreur, je desirois plusieurs fois intérieurement que cet amant déclaré parvint à m'inspirer assez de goût pour m'aider à triompher de ces sentimens, dont je craignois quelquefois le retour. Avec tant de facilité, il ne fut pas extraordinaire que Dom Gusman Dalinkaras se prévint de la passion la plus sérieuse: tout concouroit à la flatter, il sembloit que tout fut conjuré pour sa perte, & qu'elle dût être amenée par les endroits les plus doux.

Un jour qu'il étoit à mes pieds, & qu'il m'exprimoit avec les expressions les plus tendres & les plus persuasives l'étenduë de son amour, l'Inconnu dont j'ai déja parlé & pour lequel j'étois prévenuë si favorablement, entra dans l'Appartement où nous étions, accompagné de Dona Médulina. Je me troublai à sa vûë, sans trop sçavoir pourquoi, & je fus fâchée intérieurement qu'il suprit Gusman à mes pieds. Cette réfléxion ne dura qu'un instant, je fus frappée de plusieurs choses à la fois : le Viceroi de Catalogne s'étoit levé avec empressement, étoit allé au-devant de cet homme aimable dont je ne connoissois encore ni le nom ni la qualité, avec un air soumis & respectueux qui m'étonnérent, & qui me confirmérent dans les conjectures où j'étois que cet ami de Menquès étoit d'un rang encore plus élevé que je ne l'avois d'abord imaginé ; une autre considération qui me frapa encore davantage, fut la sécheresse avec laquelle celui dont je parle reçût le soûmis Dalinkaras ; un coup d'œil sévére répondit à ses égards soumis, & le renvoya avec un air humilié & chagrin, mais ce qui me surprit plus que toute chose fut que le même Inconnu au lieu de m'aborder comme il me paroissoit convenable, prit Dona Médulina par la main, sortit avec

avec elle & sembla l'entretenir avec un air de vivacité qui sembloit avoir des motifs importans; ce ne fut pas sur ces derniéres remarques, que je m'arrêtai essentiellement, j'étois trop piquée de ce qu'on étoit entré dans un Apartement où j'étois, sans m'y faire au moins une politesse : la vanité s'offense de tout ce qui la blesse, mais hélas ! ce n'étoit pas la vanité seule qui avoit enfanté mon dépit, un sentiment plus décisif agissoit, il ne tarda pas à se faire connoître pour ce qu'il étoit.

J'ETOIS enfévelie dans de semblables réfléxions lorsque l'Inconnu qui les occasionnoit se trouva près de moi sans que je me fusse aperçûë de son retour. Vous révez, belle Keelmie, me dit-il, en m'abordant avec cet air noble qui m'avoit si fort prévenu en sa faveur la premiére fois qu'il s'étoit offert à mes yeux, seroit-ce être indiscret que de partager les inquiétudes qui semblent vous agiter; si ma sensibilité pour ce qui vous touche étoit capable de vous les diminuer, j'oserois vous répondre que vous feriez bien-tôt foulagée.

MON premier mouvement avoit été de me lever & d'éviter l'Inconnu, mon dépit m'y portoit, mais l'air dont ces paroles furent prononcées, m'adoucit pour lui; je répondis cependant avec une forte de fierté, j'avois fur le cœur ce qui venoit d'arriver, l'Inconnu m'en parut affligé: ferois-je affez malheureux, continua-t'il d'un air plus trifte, pour vous avoir donné lieu, Madame, de fouffrir de ma prefence. Je m'en punirois fur le champ fi je le foupçonnois, en me privant d'un bien que j'envifage comme le plus doux & le plus flatteur. Vous me permettrez, repris-je avec un refte de dépit d'en douter, eh pourquoi belle Keelmic, m'interrompit l'Inconnu avec vivacité? fur quoi pourriez-vous donc fonder une auffi cruelle conjecture? Au lieu de répondre à cette queftion, je me levai & je voulus me retirer, je fis réfléxion à l'imprudence d'un reproche qui devoit donner lieu de pénétrer des fecrets qu'il me convenoit de cacher éternellement, l'Inconnu trop

trop éclairé, m'arrêta : je vous ai deplu, je ne le démêle que trop, ajoûta-t'il, mais si l'innoncence de l'intention peut justifier l'offense, je mérite grace. Permettez que je cherche à l'obtenir, je ne pourois vivre un moment sans l'avoir mérité par le repentir le plus sincére, parlez belle Keelmie, parlez, que j'aprenne mon crime afin de le réparer ou de m'en punir.

Ces derniers mots furent prononcés avec un air si tendre, & si persuasif, ou pour mieux dire le nouveau penchant qui commençoit à me dominer, me parla si fort en la faveur de cet aimable Inconnu, que sans m'en apercevoir je lui laissai démêler la cause de ma mauvaise humeur. A peine l'eut-il connu qu'il jetta un grand soupir : que Gusman est heureux ! s'écria-t'il, sans répondre précisément à ce que je venois de lui dire ; il aime, il est aimé ... C'est pousser un peu loin la conjecture, interrompis-je en soûriant, il me semble, Seigneur, que les aparences vous font décider un peu légérement.

ment. Ce Courtiſan dont vous parlez, pourroit me trouver à ſon gré, me le dire, & ſoupirer à mes pieds, ſans être auſſi bien dans mon eſprit que vous le figurez ; l'eſclavage où je ſuis réduite me met dans la triſte contrainte de ſouffrir bien des choſes qui me déplaiſent, & qui à dire le vrai ne devoient pas être faites pour moi. Je prononçai ces derniers mots d'un ton ſi ſérieux & ſi émû, que l'Inconnu parut étonné : je ne crois pas, me dit-il, en me regardant avec un air que la vérité rendoit perſuaſif, que l'intention du Roi ſoit que quelqu'un ici vous déſoblige, & manque au reſpect qu'il vous doit : je pourois même vous en répondre & vous l'aſſûrer: & ſi vous vouliez bien avoir aſſez de confiance en m[illegible], pour me faire part des ſujets que vous avez de vous plaindre, ou me nommer ceux qui ſont aſſez hardis pour y avoir donné lieu, j'oſerois me flatter, je vous le répete, de trouver les moyens d'y mettre ordre, & de vous procurer la ſatisfaction que vous pouriez deſirer.

Je répondis à ce discours avec complaisance, il étoit trop flatteur, pour ne pas achever de m'ôter de l'esprit la mauvaise humeur à laquelle lui-même avoit donné lieu : je ne sçai pas même si l'entretien ne seroit point devenu plus vif sans l'arrivée de Dona Médulina, j'étois dans des dispositions assez favorables pour que cela pût être amené. La conversation changea & roula sur des matiéres indifférentes, l'Inconnu la soutint avec beaucoup d'esprit, que vous dirai-je de plus ? Ce jour décida de tout. L'image de mon Pere fut entiérement effacée de mon cœur, & à sa place celle de l'Inconnu s'y grava profondément.

Je fus trois jours sans le revoir, & il falut toute ma réserve pour qu'on ne s'aperçut pas de l'inquiétude que cette absence me causoit, j'eus la bouche ouverte vingt fois pour demander à Dona Médulina ce qu'étoit devenu ce trop cher Inconnu, je rougis mille fois de la vivacité de ce nouveau penchant, mais quand je me rapellois que c'étoit

toit peut-être à lui que j'étois redevable de la fin d'une paſſion criminelle, je m'en aplaudiſſois, & je m'abandonnois à la douceur d'être aimée d'un homme qui me paroiſſoit ſi digne de mes ſentimens.

CES réfléxions étoient ſuivies de pluſieurs autres, j'avois lieu de ſoupçonner qu'on me cachoit la qualité de l'Inconnu, & qu'il étoit d'un rang plus élevé que celui ſous lequel il paroiſſoit à mes yeux ; quelquefois mes idées ſe portoient en ſa faveur à ce qu'il y avoit de plus grand, je n'imaginois rien de trop à ce ſujet : enſuite je me demandois les motifs qui l'obligeoient à me céler ſon véritable état, quelles pouvoient en être les raiſons, captive comme je l'étois je ne voyois pas qu'on eut lieu de me craindre ou de me ménager.

SUR la fin du troiſiéme jour Menquès me demanda à table ſi je me trouvois diſpoſée à faire un petit voyage à quelques lieuës de la Ville dans une de ſes terres où l'on paſſeroit quelques jours, en m'aſſûrant que l'air de la Campagne ſeroit favorable

à

à ma ſanté; je lui répondis qu'en attendant ma liberté, je me trouverois toûjours bien où Dona Médulina & lui ſeroient. Cette politeſſe m'en attira beaucoup d'autres, ils me jurérent à cette occaſion qu'ils m'étoient fort attachés, & qu'ils iroient toûjours au-devant de tout ce qui pourroit me flatter.

Le lendemain nous partîmes, je fus ſurpriſe en arrivant à la terre dont on m'avoit parlé, de la magnificence du Palais & des ameublemens; j'avois vû en Angleterre les Maiſons Royales, & je convins en ſecret que celle où je me trouvois ne leur cédoit en rien. On juge de la grandeur des Rois par celle de leurs Sujets, & cette conſidération me donna des idées de celle du Roi d'Eſpagne à laquelle le préjugé de ma Nation s'étoit opoſé juſques-là.

L'Apartement où je fus conduite après le ſouper pour me repoſer, étoit ſi brillant & ſi ſuperbement décoré, que je ne pûs m'empêcher d'en marquer ma ſurpriſe. Il n'y a rien dans ce Royaume d'aſſez beau, me

me dit flatteusement Dona Médulli-
na, qui ne soit encore fort au-dessous
de ce vous mérite;on voudroit bientâ-
cher de vous faire oublier votre Patrie,
ou de vous rendre au moins suportable votre captivité; je fus sensible à
ce discours, je répondis avec politesse, & nous nous quittâmes la femme du Ministre & moi après nous
être fait beaucoup d'amitié.

J'AVOIS à ma suite deux femmes
qui avoient été prises avec moi, &
qu'on m'avoit laissées, l'une étoit ma
Gouvernante, & l'autre une fille de
condition qui par les rigueurs d'une
fortune aveugle s'étoit trouvée trop
heureuse d'entrer auprès de moi, je
l'aimois beaucoup : elle avoit une
sorte de caractére qui simpatisoit
avec le mien, & je faisois mon possible pour lui rendre suportable sa condition ; tant que j'avois aimé mon
Pere, elle n'avoit point eu ma confiance, je l'estimois trop pour avoir
à rougir devant elle de pareils égare-
mens, mais il n'en avoit pas été de
méme de mon penchant pour l'Inconnu, je lui en avois fait part, &
il

il ne s'étoit point passé de jours depuis ce tems là, que nous ne nous en fussions entretenuës.

Dés que Dona Médulina se fût retirée, je lui demandai ce qu'elle pensoit des égards distingués qu'on avoit pour moi, & de la magnificence qui nous environnoit, je ne sçai, me dit-elle, mais tout cela me paroît au-dessus de la grandeur d'un premier Ministre, il m'est venu à ce sujet des idées dont j'ai eu envie de vous faire part, & qui sont relatives à tout ce que je vois, je ne puis m'empêcher de les trouver vrai-semblables: je demandai avec empressement à Clémélie, c'étoit le nom de cette aimable fille, quelles étoient ces idées? Qu'un Grand Prince est amoureux de vous, reprit-elle, que ce Palais lui apartient, que Dona Médulina est sa Confidente, & que l'Inconnu pour lequel vous êtes si favorablement prévenuë est celui-là même que je soupçonne qui veut tout employer pour parvenir à votre possession.

Cet aveu me sembla si conforme à

à mes propres idées, que je n'en fus pas surprise, mais pourquoi se cacher, lui-dis-je ? je n'ai point assez maltraité cet Inconnu charmant, pour l'obliger à prendre tant de précaution, d'ailleurs qui l'empêcheroit de m'adresser des vœux publiquement; ah! Madame, que dites-vous, interrompit cette fille spirituelle, ignorez-vous qu'il n'est pas permis à la Cour d'aimer selon son goût, & que la politique a droit jusque sur nos cœurs, plus le Prince qui vous aime est au-dessus des autres, & plus il est sujet à ce tirannique usage.

Le Roi d'Espagne hait les femmes, du moins on le dit: cela suffit pour que ce qui l'environne paroisse ne le pas aimer, ce seroit un crime que d'en user autrement, & voilà sans doute la raison pour laquelle votre Inconnu aporte tant de précautions pour que son secret ne soit point divulgué.

J'etois à ma toilette pendant ce discours. Clémélie en cherchant quelque chose dans un carré, y trouva une petite boëte garnie de pierreries

à

à laquelle pendoit une clef : elle me la montra, nous l'ouvrîmes, elle renfermoit un bijou garni de diamants dont l'éclat nous ſurprit avec une lettre, & un écrin des plus belles pierreries. Vous verrez que ceci eſt une galanterie de votre Inconnu, s'écria ma Confidente : liſez la lettre, Madame, elle vous inſtruira, & nous découvrira peut-être le ſecret que nous avons tant de peine à deviner.

Ce ſecret m'interreſſoit trop vivement pour héſiter à décacheter la lettre, elle étoit conçûë dans ces termes.

LETTRE.

Souvenez vous, Madame, d'un homme qui vous aime, & qui ne peut vivre ſans vous ; des devoirs indiſpenſables m'ont privés de la douceur de vous le dire moi-même, & des raiſons dont vous ſerez inſtruite un jour, m'obligent à ne plus vous voir à la Ville, ſi vous prenez quelqu'intérêt à un amant qui n'a jamais aimé que vous, je m'en apercevrai par le ſéjour que vous ferez à la Campagne. Ce ſéjour me laissera entrevoir que ma presence ne vous déplaît point, & je vous y ferai ma cour le plus souvent que je le pourrai.

JE relus cette lettre deux fois : elle me donna bien à penser ; sçavez-vous bien Clémélie, dis-je à ma Confidente, que ceci devient sérieux. Parce que je viens de lire, il sembleroit que je ne suis point chez Menquès, & il ne me convient point d'être ailleurs ; sur cette idée, je voulois du même pas, quoiqu'il fut fort tard, faire demander une conférence à Dona Médulina ; mais ma Confidente me rassûra, en me faisant entendre qu'étant avec la femme du premier Ministre, je ne devois avoir aucune inquiétude, & que ce n'étoit point à moi à faire paroître, que je soupçonnasse rien, dans la crainte qu'on n'interprêta différemment ma démarche : je me rendis à cet avis, bien résoluë cependant de me tenir sur mes gardes, de maniére que je n'eusse rien à craindre pour ma réputation.

LE portrait étoit frapant, c'étoit celui de l'Inconnu, je ne pûs m'empécher de l'examiner avec plaisir : sans

ſans cet air de triſteſſe répandu dans cette phiſionomie noble, s'écria Clémélie, ce viſage ſeroit accompli. Je convins de cette remarque, & en parcourant tous les traits, nous en fimes pluſieurs autres qu'il me ſemble inutile de raporter.

Tout interreſſe & tout plaît lorſque l'eſprit eſt agité par l'amour, je repris une troiſiéme fois la lettre, je la rélus, & à chaque mot nous la commentâmes, nous trouvâmes deux endroits qui donnérent matiére à bien des réfléxions de notre part; ces mots *de devoirs indiſpenſables qui privoient l'Inconnu de me dire lui même qu'il m'aimoit*, & *ces raiſons de ne point me voir à la Ville*, me jettérent dans une rêverie profonde. Quels étoient ces devoirs indiſpenſables, en eſt-il qui empêchent un Amant de voir ce qu'il aime? qui, des affaires ou d'un objet chéri doit avoir la préférence? je voulus tourner les expreſſions de la lettre au déſavantage de mon Amant, j'étois piquée de tant de ménagemens, j'étois même aſſez vaine pour me perſuader que je valois bien un ſacrifice entier : Clémélie prit le parti de l'Inconnu, & je ne pus lui en sçavoir mauvais gré.

Une musique délicieuse qui se fit entendre au bas de mes fenêtres interrompit notre entretien. Clémélie qui étoit vive se leva, & fut les ouvrir ; je vis d'un canapé où j'étois, à la lueur d'un nombre prodigieux de flambeaux, que la Terrasse étoit couverte de Musiciens : les airs & les paroles qui furent chantées me firent tressaillir, & me portérent à une douce réverie : ah ! m'écriai-je, que les soins d'un Amant qui plaît sont séduisans ; ma Confidente étoit à mes pieds, & la cruelle par ses discours, entretenoit ma langueur.

Une partie de la nuit se passa de cette maniére, il faisoit une chaleur si grande, que quoique la musique fut cessée, je ne pus me résoudre à me coucher. Nous continuions Clémélie & moi de nous entretenir de l'Inconnu, lorsque nous entendîmes quelqu'un tourner assez près de nous, la nuit insensiblement disparoissoit, & on commençoit à discerner les objets;

objets ; ayant avancé la tête, je reconnus un homme qui aprochoit avec beaucoup de précaution de l'endroit où nous étions, je crus d'abord que c'étoit l'aimable Inconnu, mais je m'étois trompée, c'étoit Dom Gusman Dalinkaras. *Je n'ai que le tems de vous aprendre belle* Keelmie, me dit-il d'une voix basse, dès qu'il m'eut entrevuë, *que je suis au désespoir que mon amour pour vous durera autant que ma vie, & que l'on a la cruauté barbare de tiranniser mes desseins, cette lettre vous dira le reste.* En achevant ces mots, il la jetta dans mon Apartement, & se retira avec une vîtesse dont il ne me fut pas difficile de concevoir la cause, après que j'eus lû la lettre suivante qui me causa, comme il est aisé de se l'imaginer, une surprise dont je fus fort long-tems à revenir.

LETTRE

LETTRE

DE DOM GUSMAN DALINKARAS à la Divine KEELMIE.

DEPUIS que le Roi m'a ſurpris à vos pieds, belle Keelmie, je meurs mille fois ſans mourir ; je regrette moins l'éxil auquel je viens d'ètre condamné, que je ne ſouffre du ſuplice d'être obligé de m'éloigner de vous ; il ne m'eſt pas difficile de concevoir que le Monarque vous aime, & que jaloux d'un trésor plus précieux que ſa Couronne, il m'éloigne pour ſe défaire d'un Rival malheureux : je pars pour mon Gouvernement le déſeſpoir dans l'ame. . . Quoi je ne vous verrois plus...! non non, belle Keelmie, ma paſſion m'eſt plus chére que ma faveur, je ſacrifierai tout pour vous revoir un jour, & pour vous rendre une liberté qui doit vous être chére, & qu'on vous a ravie injuſtement, je ne vous en en dis pas davantage : rien n'eſt capable de me conſoler que ce flatteur eſpoir, ſi je ne puis réuſſir à vous rendre un tel ſervice, ne me ſera-t'il pas permis d'eſpérer ?

GUSMAN DALINKARAS.

Viceroi de Barcelone.

VOILA donc l'énigme dévoilée, s'écria ma Confidente en ſe jettant à mes pieds avec tranſport ; c'eſt donc un grand Roi qui vous aime. Ah ! Madame, il mettra infailliblement ſa Couronne à vos pieds, je vous verrai bien-tôt Reine. Ne parlez point ſi haut, interrompis-je avec inquiétude, & revenant d'une eſpéce de ſaiſiſſement qui m'avoit ſurpris en découvrant le ſecret ; tout ici m'eſt ſuſpect, je tremble que .... eh dequoi pouvez-vous trembler repartit ma vive Confidente, vous êtes adorée du Souverain de ces Climats, ici tout fléchit ſous ſes loix, & reſpire ſa Puiſſance, il eſt tendre, délicat, & en uſe avec les ménagemens

mens les plus étudiés : Soupçonneriez-vous que ſon amour eut des vûës qui puſſent allarmer votre vertu. Je n'en ſçais rien, Clémélie, repris-je avec agitation, je n'ai encore aucun ſujet de me flatter, mais l'avanture me paroît ſi ſurprenante & ſi peu vrai-ſemblable, qu'il eſt beſoin que je la médite profondément.

Le reſte de la nuit ſe paſſa en de ſemblables diſcours, je repoſai fort peu. Le lendemain Dona Médulina vint me voir, j'étois encore au lit, elle me confirma ce que la lettre de Guſman m'avoit apris la veille. Je feignis une ſurpriſe extrême, & pour pénétrer cette femme adroite, je reçûs cette nouvelle avec beaucoup de ménagement. Elle me parut fort ſurpriſe de l'indifférence que je marquois ſur cet article, penſez-vous bien, me dit elle, aux avantages que retire une femme que le Roi diſtingue de toutes les autres par ſon amour ; ſçavez-vous bien que le Prince dont il eſt queſtion n'a jamais aimé, qu'il étoit prévenu au contraire contre notre Sexe, & que le miracle que

que vos charmes ont opéré va vous rendre la plus heureuse de toutes les femmes du Royaume. Ah ! Keelmie ajoûta-t'elle en m'embrassant, que j'en connois qui envient la félicité qui vous est préparée : combien d'éforts frivoles n'ont-ils point été mis en usage pour occuper la place qui vous est destinée. Je vois toutes les Espagnes à vos pieds, vous allez faire ses destins, le Courtisan souple & pliant sera sans cesse dans votre Antichambre, & mandiera l'honneur de vous aprocher. Les premiers Ministres, les Princes du Sang même, tout enfin vous sera soumis : les Cours voisines vous feront mille presens : en un mot une Maîtresse du Roi décide en Souveraine, tout fléchit sous sa loi.

A PEINE laissai-je à Dona Médulina le tems d'achever ce discours. Quoi ! Madame, m'écriai-je avec un dépit, dont je fus à peine la maîtresse de contenir le ressentiment, vous me croyez capable de me laisser séduire par de telles Propositions, quoi vous avez assez mauvaise opinion de Keelmie, pour la soupçonner d'acheter la faveur par des moyens auſſi bas! non non, je périrois plûtôt mille fois, le nom ſeul de Maîtreſſe me révolte, me paroît effroyable, & je ne ſçai ſi l'affront de l'entendre prononcer à mon ſujet, n'eſt pas ſeul ſuffiſant pour me déshonorer, ah Ciel! mes malheurs ont-ils mérités une telle ignominie ? moi, j'aurois la lâche complaiſance d'écouter un Prince, dont les ſoins ne tendroient qu'à me couvrir de honte, & à m'ôter une réputation qui m'eſt plus chére que la vie! ah Madame, ſe peut-il que vous ayez pu me faire enviſager de telles horreurs, mon eſtime pour vous ne méritoit pas que vous me miſſiez à de telles épreuves, que vous ai-je fait, grand Dieu! pour travailler à ma perte; ſi vos bontés pour moi ſe réduiſent à cet odieux point, qu'elles ceſſent : je préfére votre haine à tout ce que votre amitié a de plus doux, & de plus flatteur.

Les pleurs me ſuffoquérent dans cet endroit, & je penſai m'évanouir.

Qui vous dit, s'écria Dona Médulina, en me retenant entre ſes bras,

bras, que je ſonge à de telles horreurs, m'eſtimez-vous aſſez peu pour m'en croire capable : Pourquoi avez-vous ſaiſi un mot dont je n'ai point entendu comme vous la ſignification ; en vous parlant des avantages d'une Maîtreſſe du Roi, je n'ai pas prétendu vous dire que vous le feriez dans le ſens qui vous révolte avec tant de raiſon, ſi je me ſuis ſervi d'un terme impropre, je m'en répens, & je vous en fais mille excuſes : je vous conſidére trop, & je me reſpecte trop moi-même pour que ma façon de penſer puiſſe dégénérer à ce point. Maîtreſſe du Roi, comme je l'ai entendu, vouloit exprimer une perſonne de votre mérite que la vertu doit conduire au Trône, & dont le vice au contraire l'en exclut pour jamais, m'entendez-vous à preſent ajoûta l'adroite Dona Médulina, s'apercevant que le détour me ramenoit inſenſiblement. Nos idées ſe raprochent-elles ? après cette juſtification, ne m'en devez-vous pas une vous-même pour m'avoir ſoupçonnée ſi vîte d'un crime que des femmes de ma ſorte ne ſont pas faites pour concevoir, oüi crime, dont l'idée même ne peut pas tomber ſous les ſens.

APRE's ce diſcours, Dona Médulina s'étendit ſur le mérite du Roi d'Eſpagne, me vanta la bonté de ſon caractére, ſa générosité, ſa valeur; mais elle s'attacha particuliérement à me faire valoir ſon eſtime & ſa conſidération pour moi: ſans me rien dire de poſitif ſur les vûës d'une paſſion dont elle me félicita, elle me fit entendre que le Trône en ſeroit tôt ou tard l'objet, & que dans la perſuation où elle en étoit, aſſûroit-elle, elle me préparoit d'avance à reconoître ſon zèle; elle me demanda enſuite avec le ton le plus reſpectueux que je lui conſervaſſe l'honneur de mes bonnes graces, en me priant de me rapeller lorſque je ſerois Reine, qu'elle avoit été la premiére qui m'eut rendu ſes hommages. De pareilles conjectures & de tels propos n'étoient-ils pas bien capables de m'apaiſer, & de m'inſpirer de la confiance pour une perſonne qui

qui paroiſſoit s'interreſſer avec tant d'empreſſement pour moi ?

CEPENDANT ces idées, quelques flatteuſes qu'elles fuſſent, ne m'aveuglérent point aſſez pour me faire perdre un moment de vûë, l'objet de ma réputation. Avant que Dona Médulina me quitta, je lui demandai chez qui j'étois, en lui faiſant comprendre qu'en cas que je fuſſe chez le Roi, je n'y reſterois point ſans elle; je fus encore raſſûrée ſur ce point. Elle me proteſta qu'elle veilleroit elle-même à mon honneur, & que dès qu'on avoit tant fait que de me confier à ſes ſoins, qu'elle m'en répondoit comme du ſien même, & que je connoîtrois par expérience combien elle en étoit jalouſe, & à quel point elle étoit délicate ſur ce chapitre.

TANT d'aſſûrances réïtérées me donnérent de la confiance, & redoublérent ma conſidération pour la femme du premier Miniſtre : nous nous ſéparâmes de la meilleure intelligence du monde; elle me dit en partant qu'elle ne doutoit point que le Roi ne me rendit une visite le même jour, & je ne fus point fâchée d'aprendre une nouvelle qui ne m'étoit pas indifférente, je n'en laissai rien paroître, mais je m'en félicitai intérieurement.

Je ne feindrai point d'avoüer ici ma foiblesse; dans la confiance d'une visite aussi respectable que celle dont il étoit question, j'employai tout l'art de ma Toilette pour donner à mes charmes le relief qui pouvoit leur être plus favorable. Clémélie qui m'aidoit de son goût, & de son adresse à les faire valoir, me dit flatteusement que si le Roi m'avoit aimé dans le négligé que je n'avois pas quitté depuis ma captivité, que brillante comme je l'étois, il m'alloit adorer. Dona Médulina & plusieurs autres personnes de qualité qui se trouvérent à dîner, me tinrent à peu près les mémes discours; quelque raisonnable que j'aye été sur ma figure, je conviens de bonne foi qu'ils ne me déplurent point, & qu'ils me tinrent dans une sorte d'humeur qui donnoit encore de l'agrément.

grément à mon visage : rien ne pare tant que la gayeté.

CEPENDANT le jour étoit presque passé, que le Roi n'arrivoit point, je m'en inquiétai plus que je ne l'aurois dû, je ne sçavois point que ce retard étoit un artifice ; comme je ne me défiois point que Dona Médulina m'examinoit, je ne cachai point l'inquiétude que cette attente me causoit, la femme du premier Ministre sans paroître y faire attention, me dit qu'il falloit qu'il fut survenu quelque Courier au Monarque dont les dépêches importantes le retenoient dans son Cabinet. Elle prit cette occasion pour me parler de la guerre, & pour me vanter orgueilleusement sa Nation ; je n'eus garde de contredire la vanité avec laquelle elle enfla de certains détails, il me sembloit qu'à la veille de l'éclat qui m'étoit préparé, je devois aplaudir ou me taire, afin de ne point mettre d'obstacle au sort qu'on me destinoit.

LE son des Cloches nous ayant averti que le Roi s'aprochoit du

Château, Dona Médulina proposa à la Compagnie, d'aller sur la terrasse pour le voir arriver; je le suivis avec un peu d'émotion; plus de cent flambeaux portés par des Pages m'eurent bien-tôt fait reconnoître le Roi, il étoit suivi d'une nombreuse garde. A ce coup d'œil mon cœur traissaillit, le Monarque montoit un cheval plus blanc que la neige, & en passant devant nous, il nous salua avec une noblesse qui m'enchanta, son abord noble m'étonna: il est vrai que le préjugé décide d'une partie de nos mouvemens. Tant que ce Prince ne s'étoit offert à mes yeux que comme un homme ordinaire, je n'avois fait simplement que rendre justice à sa bonne mine & à sa figure: il se montre en Roi, je suis séduite par l'éclat qui l'environne, le respect gêne ma franchise, je ne suis plus la même, il a repris sa Dignité, je pers la mienne, voilà l'effet de la prévention.

A PEINE le Roi m'eut-il abordé que tout le monde se retira à l'écart, je m'en aperçûs & j'en rougis: si je perdis une partie de mes droits en le le recevant comme Souverain, il augmenta les ſiens : je lui avois vû juſques-là autant de reſpect que d'amour, il conſerva ce même reſpect, mais ſa paſſion ne ſe ſoutint pas avec les mêmes ménagemens, l'Amant n'étoit plus ſeul, il étoit ſecondé du rang qui l'environne, j'étois aimée plus que jamais, mais on m'aimoit en Roi qui veut profiter de ſes avantages. En vain je travaillois à regagner ceux que j'avois perdus, le Roi comme un vainqueur certain, me preſſoit de plus en plus, & s'il deſcendoit juſqu'aux ſuplications, ce n'étoit que pour parvenir plus aiſément aux fins qu'il s'étoit propoſées.

Le premier jour je me défendis de ſes tranſports ardens, par les moyens les plus propres à mettre le Prince au ton où je le ſouhaitois, il parut d'abord ſe rendre avec complaiſance à mes deſirs, & j'eus lieu de croire le lendemain, que je parviendrois à contenir la vivacité de ſon amour, mais deux jours après je commençai à me défier de ſes vûës, & de celles de la perfide Dona Médulina.

J'étois

J'étois encore dans la bonne foi, je ne tardai pas à comprendre que je balançois au bord du précipice, & que sans un effort surnaturel, il étoit presque impossible que je pusse me garantir d'y tomber.

LE Roi devoit donner une fête, où il ne seroit invité que les personnes en qui il avoit le plus de confiance. Dona Médulina qui me parloit sans cesse de mon Amant, & qui, lorsque je me plaignois de ses transports peu ménagés, les excusoit de l'amour le plus tendre & le mieux inspiré, me dit que la liberté du bal masqué me donneroit lieu, si je le voulois, d'éprouver la passion du Prince; j'aprouvai fort cette ouverture, & l'idée m'en charma : je lui demandai avec empressement ce qu'elle avoit imaginé à ce sujet, elle me dit que son projet n'étoit pas encore dirigé, mais que je m'en raportasse à elle, & qu'elle ne doutoit pas de l'effet heureux qu'il produiroit.

J'AVOIS beau me reprocher vingt fois par jour mes complaisances pour le Roi, je ne pouvois prendre ſur moi de le traiter avec une certaine rigueur, ſouvent je méditois un parti, tantôt je voulois offrir de la part de mon Pere une rançon pour faire ceſſer ma captivité, une autre fois je prenois la réſolution d'écrire au Prince, & de lui ſignifier que je me porterois aux derniéres extrêmités, s'il me parloit davantage d'un amour dont il ne m'étoit plus permis d'entendre la voix : dans d'autres tems, je ſongeois au malheureux Guſman Dalinkaras, & lorſque ma vertu l'emportoit ſur mon goût, je deſirois qu'il effectua la parole qu'il m'avoit donné de me procurer ma liberté, mais à quoi ces vains combats aboutiſſoient-ils ? Une viſite du Prince décidoit, ils ceſſoient, & ſemblables aux ſonges enfantés par le ſommeil, le jour & le réveil en faiſoient diſparoître juſqu'au ſouvenir.

CHAPITRE

CHAPITRE XII.

LA veille du jour que le Roi devoit donner le Bal dont j'ai parlé, Dona Médulina me dit sur la fin de la journée que j'écartasse mes femmes, & qu'elle sçavoit des choses importantes qu'elle me révéleroit à mon coucher, elle ajoûta que j'aurois lieu d'être satisfaite des bonnes nouvelles qu'elle me diroit, & que de la maniére qu'elle sçavoit que je pensois, elle ne doutoit point de la joye que j'aurois en les aprenant, c'étoit plus qu'il n'en falloit pour m'interresser. Je lui promis d'être seule, & j'attendis ce moment avec une impatience extrême.

DEUX heures après que Dona Médulina m'eut fait cette confidence, il arriva pour dîner plusieurs femmes de la Cour que je n'avois point encore vûës : je demandai sans un autre intérêt que celui de la curiosité ordinaire, qui étoit une jeune personne

ſonne dont l'éclat m'avoit charmé, la femme de Menquès me la nomma avec un air myſtérieux, examinez-la bien me dit-elle, elle entrera pour quelque choſe dans la confidence que je dois vous faire ce ſoir. Ce que je puis vous dire en attendant, c'eſt que je ne doute pas que le Roi ne nous honore dans peu de ſa preſence, perſuadée de ce que je vous dis, je vais donner des ordres, afin que je ne ſois pas ſurpriſe comme je le ſerois infailliblement.

Un coup de poignard, & ce diſcours fut la même choſe : je compris que j'avois une Rivale, & que c'étoit cette belle perſonne qui venoit d'arriver : ſans la fierté qui vola à mon ſecours, j'aurois donné des marques publiques de mon trouble & de ma douleur ; je la dévorai pourtant avec toute la politique dont je pouvois être capable, & aprés quelques momens de méditations, je ſoutins l'entretien général avec aſſez de liberté pour que je ne puſſe pas être ſoupçonnée d'aucune altération.

Plus j'attachai mes regards ſur

la personne dont m'avoit parlé Dona Médulina, & plus je la trouvai digne de m'enlever le cœur du Roi, sans cette fatale considération je l'aurois aimée assurément, elle avoit une douceur dans la phisionomie, & elle prévenoit tellement qu'il étoit presque impossible de la connoître sans lui vouloir de l'estime; mais que dis-je, peut-on chérir une Rivale, on ne pardonne point à des charmes qui enlevent un Amant: c'est ce que dans la suposition j'éprouvai sur le champ.

LE Roi qui arriva quelques instans après, & qui me parut en entrant d'une gayeté que je me persuadois ne lui avoir jamais vû, acheva de me troubler entiérement: on se flatte toûjours, j'espérois que la conjecture de la femme du Premier Ministre n'auroit pas lieu, & je desirois avec autant d'ardeur d'être privée pour ce jour de la présence du Monarque, que j'avois eu d'impatience dans d'autres tems à le voir arriver. Je ne doutois pas de mon malheur, mon amour (car je ne feins point d'appeller de ce nom des

des préventions trop profondément gravées dans mon cœur,) mon amour, dis - je, se révolta d'une préférence à laquelle je ne m'étois point attendue. Cependant malgré l'agitation où je me trouvois, cette fierté de sentimens auroit encore soûtenu cet assaut, mais je ne pus tenir contre des procédés aux quels je n'étois point accoutumée. Le Roi ne manquoit jamais lorsqu'il arrivoit, de venir à moi, de me demander des nouvelles de ma santé, de me dire des choses flateuses sur ma beauté, & de me parler de sa passion, & cela avec un empressement qui me séduisoit. Pour ce jour, il en usa tout différemment, il me fit un politesse froide & passant devant moi ne me dit rien du tout; il aborda avec un air vif & content cette belle personne dont j'avois tout lieu de me défier, il la tira vers une croisée, je n'en vis pas davantage: mes esprits s'étoient glacés dès les premiéres démarches, ils ne purent les soûtenir & je perdis entiérement l'usage de tous mes sens.

CLE'ME'LIE m'assûra dès que je fus revenue

revenue de ma foibleſſe, que j'avois été dans cet état pendant vingt-quatre heures, & qu'on avoit déſeſpéré de ma vie, mon premier ſoin fut de m'informer des ſentimens du Roi dans cette occaſion. Elle me répondit qu'elle avoit été ſi effrayée de ma ſituation, qu'elle n'avoit pas été en état de ſonger à autre choſe, j'en ſoupirai: mon amour pour ce Prince volage & cruel étoit parvenu à ſon dernier point, je ne pouvois me conſoler de ſon infidélité, & comme j'avois une parfaite confiance en ma ſuivante, je ne contraignis point mes pleurs devant elle, ni je ne lui diſſimulai point ce qui les occaſionnoit.

J'APPRIS cependant que la fête qui avoit dû ſe faire le lendemain du jour que je m'étois trouvé mal, n'avoit pas eu lieu, & que le Roi l'avoit remiſe juſqu'à ce que je fuſſe en état de m'y trouver. Je ſaiſis avec empreſſement ce moyen de me flatter, je conçus que je n'avois pas entiérement perdu la conſidération du Prince, puiſqu'il avoit été capable de ce ménagement.

MAIS Dona Médulina qui jugea deux

deux jours après que j'étois en état de soûtenir de nouveaux assauts, me confirma l'Infidélité du Roi, & cela en me marquant une si grande douleur de me voir sacrifiée à une Rivale que je ne doutai point de mon malheur : je parvins cependant à dévorer ma douleur, la hauteur de mes sentimens reprit le dessus & me fit concevoir que dans une semblable occasion il falloit prendre un parti, & donner à connoître au Roi que j'étois insensible à son changement.

On remet toûjours dans de semblables cas à se décider entiérement, il en coûte trop pour ne pas différer à prendre un parti, j'imaginai pour mieux persuader mon indifférence supose, qu'il me convenoit d'être de la fête & d'attendre une occasion moins bruyante pour demander au Roi ma liberté : c'étoit le coup fatal que je devois lui porter, je me persuadois que s'il me l'accordoit, qu'il ne m'aimoit plus, & que je devois retourner dans le sein de ma Patrie & y chercher le repos qui n'avoit été ôté ; je pensois au contraire que s'il me la refusoit,

 je

je pouvois ſoupçonner qu'il ne m'avoit pas entiérement oubliée, que le goût qu'il avoit pour ma Rivale étoit paſſager, & que je reprendrois l'empire qu'elle m'avoit enlevé.

Je fis part à Clémélie de ce projet & elle l'aprouva ; je lui communiquai auſſi l'idée de Dona Médulina qui perſévéroit dans le deſſein dont elle m'avoit parlé, pour être inſtruite, prétendoit-elle, des penſées les plus ſecretes du Roi à mon ſujet & elle s'en défia. Elle avoit de la femme du premier Miniſtre une opinion peu favorable; les ſuites ne me prouvérent que trop qu'elle ſe connoiſſoit en caractére, & qu'elle avoit bien jugé de celui de Dona Médulina.

Le lendemain le Roi nous honora de ſa préſence, il me parut moins froid pour moi que la derniére fois ; mais je vis dans ſes façons un air d'inquiétude & d'embaras, qui, dans la prévention où j'étois de ſon Infidélité, m'en fit attribuer la cauſe au regret d'être éloigné de ma Rivale, cette idée me rendit fort triſte : je fis mes efforts pour me ſurmonter, &

avec un peu d'attention je parvins à foûtenir la préfence du Prince avec affez de politique pour qu'il ne pût foupçonner ce qui fe paffoit dans mon cœur.

Mais ce qui m'étonna le plus de cette vifite, fut que Dona Médulina contre fon ordinaire ne me laiffa point feule avec le Roi. Je démêlai au contraire qu'elle étoit attentive à empêcher qu'il ne me parlât en fecret, & il me fembla même qu'il en avoit eu envie plus d'une fois.

Cette conduite me furprit après les procédés obligeans qu'elle avoit eu pour moi. Elle me donna même de la défiance, je réfolus d'examiner de près cette femme & cet examen ne me fut pas inutile : il fervit à me comprendre que Dona Médulina employoit l'artifice pour venir à fes fins. Je découvris que le Roi n'avoit feint d'en aimer une autre que pour fonder plus aifément dans mon cœur. Un entretien fecret que je furpris avec adreffe, éclaircit tous mes foupçons & me donna lieu de prendre un parti auquel je n'aurois peut-être jamais recouru.

OSERAI-JE entrer dans le détail d'un projet conçu pour me faire perdre ce que j'avois de plus cher dans la vie, non de quelques termes que je puisse me servir, il me seroit impossible de le rendre sans blesser ma pudeur, il suffira que j'apprenne que la perfide Dona Médulina buttoit à me livrer au Roi, & que ce Prince amoureux ne désaprouvoit pas ce dessein.

LA fête dont on a parlé en étoit le prétexte, elle devoit se donner sur la Riviére, le Bateau sur lequel j'aurois été avec le Roi, Dona Médulina & des personnes de confiance, seroit échoué par un machine construite exprès, on auroit relâché dans une péninsule, où une petite maisonette préparée auroit servi de théâtre à mon infortune. La femme de Menquès avoit ourdi cette odieuse trame, le succès en étoit infaillible : sans le Ciel qui m'en découvrit miraculeusement la noirceur, il étoit impossible que j'échapasse au malheur qui me menaçoit.

JE dissimulai, & de concert avec ma

ma Confidente, je feignis de retomber malade afin d'avoir le tems de recevoir la réponſe d'un lettre que j'écrivis à Dom Guſman Dalinkaras : je lui mandois les riſques que je courois, je l'appellois à mon ſecours en lui propoſant de m'enlever & de me conduire dans ma Patrie, je lui promettois ma main pour prix de cette entrepriſe, en lui faiſant comprendre que mon Pere touché du ſervice auſſi eſſentiel, non-ſeulement y conſentiroit, mais trouveroit encore les moyens de le faire indemniſer par le Roi d'Angleterre près duquel il étoit en faveur, de tout ce qu'il perdroit en s'éxilant pour jamais de ſa Patrie : enfin ma lettre étoit touchante & patétique, j'avois lieu de croire qu'elle feroit l'effet que je m'en promettois.

DONA ME'DULINA étoit trop pénétrante pour être la duppe de ma feinte indiſpoſition ; elle fit part ſans doute de ſes ſoupçons au Roi. A ce ſujet il venoit tous les deux jours la voir, & elle avoit ſans ceſſe des conférences avec lui ; Clémelie qui ſans qu'il y parût

parût avoit l'œil à tout ce qui se passoit, me rendoit compte de ce qu'elle aprenoit. Un des Officiers des Gardes du Prince étoit devenu amoureux d'elle, & par son canal elle surprenoit de tems en tems des discours qui avoient raport à moi. Elle vint me faire part un soir d'une nouvelle qui me donnoit beaucoup à penser, & qui me jetta dans beaucoup d'inquiétude & d'embarras.

LE ROI selon le raport de l'Amant de cette fille, devoit 3 jours après arriver de bonne heure au Château y dîner, & feindre de s'en retourner à Madrid avec sa suite, mais il devoit rentrer dans la maison à l'entrée de la nuit par le Parc, accompagné du seul Officier qui faisoit cette confidence. Le but de l'indiscrétion de ce homme, étoit d'engager sa Maîtresse à lui donner un rendez-vous la même nuit. Il osoit s'en flatter, parce que ma suivante pour me servir avoit feint d'être sensible à son amour dans l'espérance que par-là elle apprendroit toutes les choses qui se pouroient tramer contre moi, & c'étoit

toit dans les circonſtances où je me trouvois, tout ce qui pouvoit m'arriver de plus heureux.

Je commençois à trop connoître le caractére de Dona Médulina pour ne pas m'inquietter extraordinairement de ce qu'on m'aprenoit, je ne pouvois pas douter de ſes perfides intentions, j'en étois trop bien inſtruite, je confiai mes allarmes à ma Confidente, & je lui demandai en verſant bien des pleurs, ce qu'elle imaginoit que je duſſe faire pour éviter les dangers dont j'étois menacée; deux jours ſe paſſérent ſans qu'il nous tombât rien à l'une & à l'autre dans l'eſprit qui pût nous ſatisfaire. Il n'étoit pas poſſible que le Courier que j'avois envoyé à Dom Guſman Dalinkaras, pût être de retour avant le jour que j'avois lieu de redouter avec de raiſon il falloit cependant ſe décider : nous touchions au troiſième, le ſecond étoit preſque paſſé, & nous n'avions que la nuit qui ſuivoit pour prendre le parti de la fuite, en cas que nous n'euſſions que ce dernier parti à prendre comme nous ne le prévoyions mal-

malheureuſement que trop.

DONA ME'DULINA me tint un diſcours le même ſoir qui me confirma le péril dont j'étois menacée ; elle me demanda après le ſouper, comme par maniére d'entretien, ſi je craignois les eſprits ; lui ayant répondu que j'étois d'une ſottiſe à ce ſujet impardonnable, & que j'avois été élevée par une Gouvernante qui ſur cet article n'étoit pas plus ſage que moi, tant pis, me dit-elle ; il faudra donc que nous retournions inceſſamment à Madrid, ce Château depuis quelques jours n'eſt pas praticable. Toutes les nuits ou y entend un bruit effroyable, je ne concois pas comment vous ne vous en êtes pas encore plaint. Mes gens m'ont dit qu'ils avoient rencontré la nuit pluſieurs fantômes qui lutinoient tous ceux qu'ils trouvoient en leur chemin, & qu'ils n'oſoient plus vaquer à leur devoir. Un vieux Concierge m'a conté, ajouta-t'elle, que ces aparitions arrivoient tous les ans à peu près dans le même tems, qu'il conjecturoit que ces eſprits revenoient à cauſe d'un aſſaſſinat qui avoit été

été commis dans ce Palais par des Miquelets quelques années auparavant.

J'AVOUE que ce discours m'effraya, & que sans faire aucune refléxion je tombai dans le piége qu'on me tendoit : Dona Médulina me conseilla pour me tranquiliser d'avoir une grande attention à fermer éxactement mes portes la nuit, & à ne point sortir de mon Apartement sous quelque prétexte que ce fût. Il n'en falloit pas tant pour me porter à suivre ce conseil, quand même je n'eusse pas été dans cette habitude, j'avois d'autres raisons pour me tenir sur mes gardes, & sans qu'il fût question de fantômes & d'esprits, je n'y manquois jamais.

A PEINE eus-je fait part à ma Confidente de ce que m'avoit dit Dona Médulina, qu'elle me dit que ce discours renfermoit un mystère & qu'il lui faisoit penser bien des choses: je lui demandai avec effroi ce qu'elle conjecturoit, elle me répondit qu'elle ne pouvoit le deviner, craignant que sous prétexte d'esprits familiers, on ne profita de ma frayeur pour crocheter la porte de mon Apartement dans le dessein d'arriver à des fins téméraires. Je lui demandai ce que je devois faire pour éviter des périls que je craignois autant que la mort, elle ajouta qu'il falloit profiter de la nuit pour sortir du Château, que le Ciel seroit mon guide & me protégeroit dans une occasion où ma vertu & mon innocence n'avoit plus que Dieu pour protecteur.

Je n'hésitai point à prendre cet affreux parti, je jugeai bien puisqu'il m'étoit donné par la personne du monde qui avoit le plus d'esprit & de prudence, que le danger lui sembloit bien manifeste : Nous attendîmes que la nuit fût assez avancée pour ne pas être surprises dans notre fuite. Il étoit résolu que nous gagnerions la campagne par une porte du Jardin qui n'étoit jamais fermée. Nous nous étions promené vingt fois dans le bois, & nous sçavions que rien n'étoit plus facile que d'escalader un pan de muraille qui étoit à moitié tombé ; le projet étoit hardi, mais dans les occasions ter-

terribles où il y va de l'honneur & de la vie, à quelle extrêmité de justes frayeurs ne sont-elles pas capables de vous porter ?

QUELQUES discours que me tînt Clémélie pour me persuader qu'il n'y avoit point d'esprits, & que les propos tenus à cette occasion étoient autant d'artifices pour m'intimider, & m'empêcher, en cas de violence, d'oser résister : le préjugé ou pour mieux dire la frayeur si naturelle à mon séxe prédominoit, j'étois sortie vingt fois de mon Apartement, & vingt fois j'y rentrai : le moindre bruit me saisissoit, mes jambes plioient sous moi, & je n'en avois que pour m'en retourner d'où je sortois.

CEPENDANT à force d'encouragement, j'eus la fermeté d'entrer dans le Jardin, & d'aller jusqu'à la grille par laquelle on passoit pour entrer dans le Parc ; mais une vapeur terrestre qui parut enflamée à 4 pas de moi me fit jetter un cry ; sans ma Suivante je tombois en foiblesse, elle eut beau vouloir me remettre, en me disant que ces phénomènes étoient ordinaires dans la saison où nous étions, si elle me remit l'esprit, elle ne put rien sur le corps; mes sens étoient glacés, & il ne fut pas possible d'aller plus avant.

Apre's deux heures je ne me trouvai pas plus valeureuse, que vous dirai-je l'horreur de la nuit, le souffle des Zéphyres dans les feüilles, tout m'entretînt dans mon effroy, ce que je pus faire fut de regagner mon Apartement, encore étoit-il presque jour quand cela arriva.

CHAPITRE XIII.

Le repos que ma fatigue extrême me fit prendre malgré mes inquiétudes dévorantes, me rendit le lendemain plus capable de réfléxions, j'entrevis toute la grandeur du péril que je courois; & je regrettai d'avoir montré si peu de fermeté pour l'éviter : mais il n'étoit plus tems, la nuit suivante étoit celle que le Roi & Dona Médulina avoient

avoient choisis sans doute pour exécuter leurs infâmes projets, je ne pouvois pas supposer autre chose de ce que j'avois apris ; quel obstacle y aporter, c'étoit-là l'embarras, & ce qui nous jettoit Clémélie & moi dans la plus cruelle perpléxité.

Nous consultâmes de nouveau sur ce que nous avions à faire dans cette embarrassante occasion : après avoir rêvé pendant quelque-tems, je regardai fixement Clémélie, il me vient une idée, m'écriai-je en la serrant entre mes bras, si vous m'aimiez assez pour l'aprouver, & pour me donner la marque la plus tendre de votre attachement, mon honneur seroit à couvert du péril presque certain qu'il court : je sçais bien qu'un poignard en cas de violence, le mettroit à l'abri de sa perte, mais vous l'avouërai-je, Clémélie, je ne me sens pas cette fermeté Romaine qui sçait se délivrer à ce prix de l'ignominie : je conçois bien qu'en frapant l'Amant téméraire, ou en me donnant à moi-même la mort, que je ferois une action illustre, héroïque, que la poſtérité admireroit éternellement, qui ſerviroit de modèle à l'innocence oprimée; mais, je le répete, toute vertueuſe que je ſuis, je me connois trop bien pour me perſuader que je ſerai capable d'un effort auſſi généreux : j'ai pu le penſer, ma vertu m'a déja cent fois inſpiré ce deſſein, mais ma foibleſſe prédomine : l'idée ſeule, l'idée de la mort me ſaiſit, m'effraye & me met hors d'état de prendre aucun parti.

MA Confidente après que j'eus ceſſé de parler, me demanda avec beaucoup d'inſtance par quel endroit elle pouvoit me devenir utile. Avant que de lui expoſer mon imagination, je lui fis jurer par ce qu'il y avoit de plus ſacré qu'elle ſe prêteroit à mon projet, & qu'elle me garderoit un ſecret éternel. Elle étoit ſi zèlée & ſi curieuſe d'être inſtruite de ces moyens dont j'avois parlé, qu'elle me fit les ſermens que j'exigeois; hé bien, lui dis-je, c'eſt d'occuper dorénavant mon propre lit. Par l'entretien que j'ai ſurpris entre le Roi
&

& Dona Médulina, j'ai conçû que tôt ou tard je ferois la trifte victime d'une odieufe Paffion, captive dans ces lieux, fans amis, fans parens, il n'eft pas poffible que je puiffe parer de fi honteux projets, facrifie-toi pour moi, chére amie, continuai-je en lui prenant tendrement les mains, ta fortune fera le prix d'un fervice auffi effentiel & fi grand; mon Pere qui en aprendra le fecret fans compromettre ton honneur facrifié pour conferver le mien, te fera un établiffement fi honorable & fi diftingué, que tu ne regretteras point ce que tu auras fait pour moi.

Les bras tomberent à Clémélie à cette propofition finguliére, & la plongérent dans une mer de réflexions, mes careffes & mes priéres l'en retirerent. S'il n'étoit queftion, me dit-elle, que de changer de lit, & de courir quelques rifques pour vous faire éviter le fort malheureux que vous craignez avec tant de raifon, vous ne devez pas douter, Madame, que je n'employaffe avec joye les moyens que vous m'offrez de de vous ſervir, mais de ſouffrir que le Tiran en vienne à de certaines extrémités avec moi ſans me défendre, & ſans lui faire connoître ſon erreur.... Voilà cependant ce que j'éxige, l'interrompis-je précipitamment, ce ſont ces complaiſances; c'eſt d'entretenir le Monarque dans ſon erreur juſqu'à ce que Dom Guſman Dalinkaras m'arrache de ces terribles lieux, c'eſt enfin que tu paſſe toûjours dans ces momens funeſtes pour ta maîtreſſe, afin que le Prince ne continuë pas ſes téméraires entrepriſes ſur un bien que je dois conſerver ſur toutes choſes, & dont la perte, malgré ma foibleſſe pour cette vie malheureuſe, ne manqueroit pas de me la rendre ſans ceſſe odieuſe & inſuportable.

HE' croyez-vous, ma belle Maîtreſſe, répondit ma Confidente en répandant des pleurs, que mon bonheur me ſoit moins cher que le vôtre : ah Ciel! ſi vous me connoiſſiez bien... ſi je n'en étois ſi fort perſuadée, lui dis-je, je ne ferois pas un ſi grand cas de ton ſacrifice; mais écoute

écoute, ajoutai-je, il n'y a que ce moyen pour me prouver ton zèle : choisis des deux partis ils me sont égaux, ou de me tenir une parole attestée par les sermens les plus solemnels, ou de me précipiter de ta propre main dans le tombeau. Je t'ai avoué mes foiblesses pour la vie, je t'ai fait connoître que je ne serois jamais assez généreuse pour me frapper de mon propre bras, mais aprens, ô cruelle Clémélie, que, malgré cette foiblesse dont je suis honteuse moi-même, j'ai cependant assez de vertu pour t'inviter à me percer le cœur. Viens ajoutai-je encore avec une intention décidée & en la conduisant dans mon Cabinet, prends ce poignard, plonge-le moi dans le cœur, je vais par un écrit de ma main apprendre au Roi que je m'en suis frapée moi-même, je lui en ferai connoître les raisons. Après cela tu n'auras rien à craindre de ma mort, & je t'aurai l'obligation de mon honneur.

Ma triste confidente pâlit à cette seconde proposition, elle en recula

cula d'horreur, elle m'arracha avec indignation le poignard que je lui présentois & le jetta contre terre. Je ne répéterai point tous les discours généreux qu'elle me tint à cette occasion quelques touchans qu'ils soient, leur détail ne serviroit qu'à vous faire perdre un tems précieux ; ô vous qui daignez m'écouter, il vaut mieux que je passe tout d'un coup à des faits plus importants.

IL fut convenu que Clémélie s'exposeroit aux malheurs que nous avions lieu de prévoir : ce ne fut pas sans répandre des torrens de larmes, qu'elle se décida sur ce terrible point, il fut encore arrêté, qu'en cas qu'il eut lieu, elle feroit promettre au Roi amoureux, qu'il ne me parleroit jamais pendant le jour, des mystéres de la nuit & le prétexte de cette priére étoit la décence & la pudeur.

LE Roi vint ce jour même comme l'Officier l'avoit dit ; soit que je fusse prévenue ou que ce Prince à la veille d'un événement dont il faisoit dépendre son bonheur fut naturellement agité, je lui trouvai dans

la

la phiſionomie un air ſingulier & funeſte que je ne lui avois jamais remarqué. Il en uſa avec moi avec toute la politeſſe imaginable, & ne me tînt aucun diſcours qui pût me porter à aucun ſoupçon : que les hommes ſont traîtres & diſſimulés, pardonnez-moi cette réfléxion j'ai eu trop ſujet de m'en plaindre, pour qu'on n'ait pas l'indulgence de me la paſſer.

DEUX heures avant qu'il fut nuit, ce Prince partit & me dit en me faiſant ſes adieux, qu'il ſeroit quelques jours ſans me voir à cauſe des affaires de la guerre qui l'obligoient à un travail continuel ; je conçûs bien, prévenue comme je l'étois, que ce qu'il m'aprenoit, étoit afin qu'il ne fût point ſoupçonné des violences qu'il me préparoit, je diſſimulai & je répondis ce qui convenoit dans une pareille occaſion.

DONA ME'DULINA feignit de ſon côté un mal de tête affreux pour avoir lieu ſans doute de ſe retirer de bonne heure, mais en effet à fin de tenir compagnie au Roi qui devoit rentrer ſelon le projet, dès que la nuit ſeroit tombée,

bée, ou pour m'obliger à retourner dans mon Apartement : j'usai de dissimulation avec elle, comme j'avois fait avec le Roi, je n'avois à prendre que ce seul parti ; tout autre m'eut été inutile & ne m'eut occasionné que des malheurs plus certains.

CLE'ME'LIE étoit trop interressée à prendre toutes les mesures qui pouvoient empêcher le malheur qu'elle craignoit avec tant de raison, pour ne pas user de toutes les précautions possibles pour le parer : nous fûmes visiter l'une & l'autre tous les endroits par lesquels on pouvoit nous surprendre pendant la nuit ; nous barricadames nos portes après y avoir mis les verroux, les fenêtres ne furent pas oubliées, nous levâmes les tapisseries. En un mot après un éxamen éxact nous crumes que nos terreurs étoient paniques, en effet il n'y avoit pas la moindre aparence que nous pussions être surprises, & il nous sembloit qu'à moins de forcer l'entrée de l'Apartement, il n'étoit pas naturel que nous courussions aucun danger : nous ne fai-

faisions pas réfléxion que la puissance des Rois fait tous les jours des miracles, & que tout leur réussit lorsqu'il s'agit de satisfaire leurs desirs.

Cependant malgré cette opinion favorable, la crainte d'etre surprise & de risquer le plus grand des malheurs, me fit prendre le parti d'aller me coucher, j'obligeai ma Confidente de se mettre dans mon lit, je lui dis avant que de la quitter tout ce qui me parut de plus flâteur & de plus séduisant, pour la porter à persévérer dans ses résolutions; quoiqu'elle eut pris son parti, sa douleur extrême étoit toûjours la même, rien ne pouvoit la consoler.

Je revins un moment après, je conçûs une imagination qui me parut admirable, en cas que le Roi, par un prodige, entra dans son lit; je la lui communiquai, je lui dis qu'il falloit affecter un long sommeil: de tous les moyens auxquels vous pouriez recourir, m'écriai-je, c'est-là le plus raisonnable, le Prince satisfait de son bonheur, dans l'opinion où il sera que

que ſa témérité n'eſt point ſoupçonnée, reſtera pendant le jour avec moi dans les bornes de la réſerve & de la retenuë, & nous laiſſera par ce moyen le tems & la liberté de travailler à nous arracher à des riſques plus certains.

NE vaudroit-il pas mieux, reprit Clémélie, que j'engageaſſe le Roi par toutes les raiſons que le Ciel poura me ſuggérer à reſpecter mon innocence & ma vertu ; feroit-ce un crime en cas que ſa paſſion lui fit fermer l'oreille à toutes mes ſuplications, d'éxiger de ſa probité la parole de m'épouſer : tente, lui dis je, en ne pouvant m'empêcher de ſoûrire de cette plaiſante imagination, je n'envierai pas ta fortune, en cas que tu la faſſe ; tu en eſt bien digne aſſurément, ajoûtai je, par le ſacrifice honorable que tu me fais aujourd'hui de ton honneur !

CLÉME'LIE touchée de ce diſcours, me jura qu'elle n'avoit pas entendu parler d'elle en engageant la parole du Roi pour l'himen dont il étoit queſtion.

JE

Je me préparois à répondre à ce discours, lorsqu'il me sembla que le l'ambris craquoit, je m'enfuis avec précipitation dans le lit de ma Suivante, & j'étois saisie d'un si grand effroy, que j'étois dans le même état que si la mort eut été prête à me conduire dans le Tombeau.

CHAPITRE XIV.

A Peine fus-je entrée dans mon lit, ou pour mieux dire dans celui de Clémélie, que j'entendis distinctement mon lambris se séparer en deux; j'étois couchée dans un Cabinet où étoit ma Toilette, & il étoit si près de l'Apartement, que rien ne s'y pouvoit faire qu'il ne parvînt à mes oreilles: j'avois été si effrayée du premier bruit dont j'ai parlé, que j'avois oublié de fermer ma porte, & je ne m'en ressouvins que lorsqu'il ne fut plus tems, il est aisé de juger de mes allarmes, j'entendois distinctement marcher près de moi, j'étois dans

dans un état qu'il est impossible de rendre réellement.

QUELQUE fut mon effroy, je ne pus m'empêcher de prêter l'oreille à à ce qui se passoit : malgré les précautions que j'avois prises pour éviter le péril que je courois, je m'étois munie d'un poignard en cas que la supercherie n'eut pas lieu, je n'en avois cependant pas imaginé l'usage ; la vertu seule m'avoit dicté ce dessein : peut-être m'étois-je dit alors, le Ciel fera-t'il un miracle en ma faveur, que sçais-je si de foible que je me connois, il ne m'inspirera point une mâle résolution, souvent il protége l'innocence ! c'étoit là mon idée & ce qui me rendoit si attentive à ce qui se passoit.

LA conduite du Roi fut singuliére, je l'entendis qui se plaignoit. Elle dort, s'écrioit-il, (Clémélie faisoit semblant de dormir, trop effrayée sans doute elle avoit pris ce parti,) elle doit jouir de ma presence, & rien ne la réveille : quels biens puis-je goûter sans elle, ô chère *Keelmie* continuoit-il amoureusement, cessez un un sommeil dont la durée m'étonne, écoutez un Roi qui vous adore & qui ne vit que pour vous. Pardonnez un entreprise téméraire autant dictée par des conseils séducteurs, que par l'amour le plus excessif. O Keelmie, adorable Keelmie, répétoit-il, que mon bonheur seroit extrême si ces biens qui sont en ma puissance, m'étoient donnés par vous-même, que dis-je, si vous connoissiez bien le fond de mon cœur & les ardeurs dont il est enflâmé, vous feriez tout pour un Amant que la reconnoissance attacheroit de plus en plus, & qui seroit incapable de vous élever au destin le plus éclatant.

Aprè's ces mots, le Prince se tut. Je m'étonnai que ma Suivante ne profitât point de ces heureuses dispositions pour cesser un sommeil qui devenoit inutile, & qui la mettoit dans le cas de courir d'autres risques. Le silence avoit succédé à ces tendres accens, aucun bruit ne se faisoit entendre, & je ne pouvois imaginer ce qui pouvoit donner lieu à un repos si profond.

Je prêtai une nouvelle attention : après un tems aſſez conſidérable j'entendis deux ſoupirs élancés en même-tems, je ne ſçavois qu'en penſer : un treſſaillement m'agita. Que vous êtes adorable, s'écria une ſeconde fois le Roi, & que ce ſilence m'inſpire de reſpect & de conſidération, oui, belle Keelmie, je vous le proteſte ſi vous me rendez heureux, ma main & ma Couronne ſeront le prix de votre complaiſance. Le parti que vous prenez eſt celui d'un cœur également généreux, ſage & prudent, vous concevez le danger que court votre Vertu, vous n'avez que ce ſeul moyen de vous défendre de mon ardeur impétueuſe. Je ne veux point profiter de pareils avantages, & encore moins devoir à la terreur & à la violence, ce que j'attens de l'amour. Ceſſez vos craintes, il y a long-tems que j'aurois mis mon Sceptre à vos pieds, ſans l'eſpoir séducteur que Dona Médulina m'avoit fait concevoir, en vous perdant elle me perdoit ; mais raſſûrez-vous, chére Keelmie, je vous le répete, recevez

cevez ma foi donnez-moi la vôtre, d'ici en un mois, ſoyez certaine que vous ſerez la Souveraine des Eſpagnes & l'Epouſe légitime de ſon Roi.

J'ATTENDIS avec une impatience extrême la réponſe de ma Confidente : je ne pouvois comprendre ce qui pouvoit avoir donné lieu à de pareils diſcours, & ce qui empêchoit cette fille de s'expliquer. Enfin elle parla, je jugeai au ſon de ſa voix de ce qui ſe paſſoit dans ſon ame, ſes accens étoient entrecoupés, ſon intention s'expliqua par ces mots. Que puis-je, s'écria-t'elle contre le plus grand des Rois, celui qu'un miracle introduit dans un Apartement ſi bien fermé ne percera-t'il pas en tous lieux! hélas? il faut ſubir ſa deſtinée. S'il eſt dit que je fléchiſſe, ſi les décrets immuables de la deſtinée ont décidé de mettre un Sceptre dans ma main, que ces decrets s'accompliſſent, que le Sceptre paroiſſe, je ſuis prête à le recevoir avec réſignation.

LES tranſports les plus vifs de la part du Roi ſuccédérent à un diſcours auſſi modeſte & auſſi ſage;

 j'enj'entendis de nouvelles proteſtations qui me perſuadérent combien le Prince étoit généreux, elles durérent plus de 3 heures & je m'en étonnai. Je ne m'étois pas perſuadée que l'amour dont les ailes ſont ſi courtes pût voler ſi long-tems.

Je commençois à m'ennuyer de la longueur de la conférence, lorſque le Roi s'écria, *qu'importe ce qui eſt dit eſt dit, il s'accomplira.* Je ne fus pas peu ſurpriſe de cette acclamation. J'avois bien entendu Clémélie parler vivement au Prince, mais ſoit que ſon état l'empêchât de s'énoncer diſtinctement, ou quelle eut ſes raiſons pour en uſer myſtérieuſement dans cette rencontre, il me fut impoſſible de deviner ce qui avoit donné lieu à ces paroles du Roi; je ne fus pas long-tems ſans en être parfaitement éclaircie. O Ciel! voilà l'endroit fatal, je ne me le rapelle jamais que je n'en ſois auſſi émue que ſi l'évenement venoit d'arriver.

Le Roi reprit la parole & s'écria, vous n'êtes point Keelmie, dites-vous, ô la plus digne & la plus vertueuſe

tueuſe de toutes celles de votre Séxe, qu'importe, je le répéte mes ſermens auront lieu : vous êtes Demoiſelle & très aimable ſans doute, cela me ſuffit; vous avez été capable du ſentiment généreux d'immoler votre propre honneur pour conſerver celui d'une amie, le ſacrifice eſt magnanime; voilà deux prodiges de vertu auxquels on ne s'attend point, vous & Keelmie vous méritez deux Couronnes ; oui cette action généreuſe eſt unique & n'aura jamais ſon égale, vous *Clémélie* vous aurez un Roi pour Amant, vous poſſéderez ſon cœur & vous ſerez ſon bijou, ſon treſor le plus doux : C'eſt à moi de vous récompenſer ; à l'égard de Keelmie, elle ne peut l'être que par un Dieu, la vertu ſeule eſt digne de la couronner.

Dom Pédre interrompit Keelmie dans cet endroit. Pardonnez, lui dit-il, ô fille dont la ſageſſe ſuprême doit être reſpectée à jamais, ſi je romps le fil de vôtre Hiſtoire. Deux choſes me jettent dans l'incertitude, & me paroiſſent difficiles à concilier, la premiére eſt que vous ne ſçaviez point

point l'Espagnol lorsque vous échapâtes du naufrage, & qu'il paroît par vôtre narration que vous le sçaviez même avant que d'être Captive, en Espagne : pour le dernier fait que vous venez de raporter, je vous avouërai naturellement que je m'y pers, & qu'il est si extraordinaire que je n'y conçois plus rien du tout.

LA belle Keelmie sourit de l'embarras de Dom Pédre, il ne me sera pas difficile, reprit-elle avec une douceur séduisante, de vous éclaircir ces énigmes, un instant d'attention suffira.

LORSQUE je me trouvai sauvée miraculeusement du naufrage dont je vous aprendrai dans peu la cause, je me trouvai si accablée de la continuité de mes malheurs, que je tombai dans une espéce d'abandon de moi-même qui m'ôta pendant quelques jours l'usage de la parole. Dès que cet état létargique fut cessé, & que j'eus fait réfléxion à toutes les obligations que je vous avois, j'eus une honte extrême d'avoir été si long-tems sans vous en marquer ma

recon-

reconnoiſſance, je l'aurois fait ſur le champ ; mais une réflexion & un égard m'arrêtérent. J'avois compris par votre idiôme que vous étiez Eſpagnol, je ne ſçavois point qui vous étiez, le maſque affreux dont vous aviez le viſage couvert me donnoit des idées que je ne puis bien rendre, & dans la frayeur où j'étois qu'en vous aprenant mon Hiſtoire, comme il me paroiſſoit naturel de le faire, je ne me jettaſſe dans de nouveaux embarras, je crus que je devois continuer à garder le ſilence : vous penſâtes que j'ignorois votre langue & je ne fus pas fâchée que vous le cruſſiez, j'eſpérois que la confiance où vous étiez de mon ignorance ſur ce point, vous mettroit dans le cas de vous entretenir ſans crainte de vos affaires, & que par-là j'apprendrois qu'elles étoient les perſonnes auxquelles le ſort m'avoit remis ; mais ſoit que votre prudence vous ait mis à l'abri d'une curioſité ſi naturelle, ou que vous ne ſoyez entré dans aucun détail devant moi de ce qui vous intéreſſoit : de tout ce ce qui vous eſt échapé dans vos entretiens, je n'ai pu que former des conjectures incertaines, & elles ne m'en ont jamais aſſez apris pour avoir lieu de m'aplaudir de ma diſſimulation.

POUR ce qui eſt du fait que vous n'avez pas encore bien compris, la ſuite de cette fatale Hiſtoire vous l'expliquera, il ne m'a pas été poſſible de traiter cet article plus clairement.

APRE'S ce peu de mots Keelmie continua dans ces termes.

SI ce que le Roi dit d'obligeant de moi me flâta, ſa conduite extraordinaire avec ma Confidente me toucha plus vivement, j'avois lieu de penſer par les diſcours qu'il avoit proféré que ſon changement étoit certain & qu'il étoit ſans retour. On m'avoit fait un portrait de la façon de penſer du Monarque ſi ſingulier, que je ne doutai pas un moment de mon malheur.

CE que je conjecturois ſe trouva dans l'exacte vérité : le lendemain de cette nuit fatale, Clémélie fut déclarée

rée Maîtresse du Roi, elle me l'aprit elle-même, & m'avoüa avec une franchise dont je ne pus lui sçavoir mauvais gré, que ce poste étoit si fort au-dessus de toutes ses espérances, qu'elle n'avoit pas cru, par une vaine ostentation de sagesse, devoir le refuser; je ne m'étendis point en reproches, à quoi auroient-ils pu servir, elle étoit décidée, le mal étoit consommé, il ne pouvoit se réparer.

Je dois cette justice à cette fille, sa faveur ne l'aveugla pas: au contraire elle me jura qu'elle ne s'en serviroit que pour me prouver à chaque instant qu'elle m'étoit plus dévouée que jamais.

Un mois après, elle vint me trouver le matin. Que je vous aprenne une nouvelle dont vous allez être surprise, me dit-elle, en me baisant la main. Sçavez-vous que le Roi vous aime plus que jamais, & que le goût qu'il a feint pour moi, ne tendoit qu'à le conduire plus certainement à votre possession. Ce discours me parut si peu vrai-semblable, que je n'y fis qu'une légére attention, mais il n'étoit cependant rien de plus assûré. Le Roi d'Espagne par le Conseil de Dona Médulina s'étoit conduit de la maniére dont j'ai parlé, afin de gagner ma Suivante, & de l'engager à me livrer à son amour. Clémélie au lieu de l'accabler de reproches, l'avoit félicité de sa constance, & s'étoit servie de tout le pouvoir qu'elle avoit sur son esprit, pour le porter à satisfaire sa passion par des moyens légitimes, & que ma vertu pût aprouver; il avoit été tenu un conseil à cette occasion entre ces trois personnes : le Roi s'étoit déclaré, il vouloit bien m'épouser; mais il prétendoit que le mariage fut célébré en secret. Les raisons qu'il alléguoit étoient spécieuses, & l'on étoit convenu de leur solidité.

DONA MÉ'DULINA devoit le lendemain me voir de la part du Souverain, & me faire les propositions dont je viens de parler. Je vous avoue que je fus transportée de joye, en aprenant ces choses : j'aimois le Roi plus que jamais, je me mourois de son infidélité. Moins un bien est attendu,

attendu, & plus il devient précieux ; je pris mon parti, & ce parti fut de me rendre à ce qu'on exigeoit de moi.

MAIS hélas ! devois-je me flatter d'être heureuſe, pouvois je prétendre qu'après avoir ſouillé mon cœur d'une paſſion criminelle que celle dont on a vû l'affreux détail, je puſſe réuſſir dans aucun projet : la vengeance du Ciel me pourſuivoit, dans un inſtant vous en allez convenir.

JE me promenois à l'iſſuë du ſouper dans le Parc avec Clémélie, lorſque Guſman Dalinkaras, que je croyois en Catalogne, parut ſubitement à mes pieds : Suivez-moi, me dit-il, ô ſage Keelmie, tout eſt prêt pour l'enlévement que vous avez prémédité, votre chaiſe eſt à ſix pas d'ici, & je vous ſervirai moi-même d'eſcorte à la tête de dix braves gens dont je ſuis aſſûré : votre liberté eſt d'autant plus certaine, que j'ai ſurpris avec adreſſe un paſſeport du Roi, jugez de mon amour par la promptitude avec laquelle j'exécute vos ordres : il n'y a rien d'impoſſible dont je ne fuſſe venu à bout, pour parvenir au but que vous avez daigné me faire eſpérer.

JE frémis de cette aparition & de ce diſcours : il n'eſt plus tems lui dis-je, Guſman, les choſes ont changé de face depuis que je vous ai écrit. Si vous m'aimez, comme votre action me le perſuade, retournez en Catalogne avec le même ſecret que vous êtes venu, & que jamais il ne puiſſe tranſpirer ; ſans ce parti vous vous perdez. Ma deſtinée veut que je reſte en ces lieux, mais afin de ne vous point tenir en ſuſpens, aprenez que je ſuis prête à contracter de ſaints engagemens, & que mon cœur & ma vertu d'intelligence, ne me permettent plus de prendre aucun parti. Il ſuffit, s'écria Guſman en ſe relevant, & en ſe retirant avec précipitation, vous ſerez ſervie à ſouhait.

Nous continuâmes ma Suivante & moi à nous promener en raiſonnant ſur cette avanture. Je ne pouvois m'empêcher de plaindre Guſman, & de lui ſçavoir un gré infini de de ce qu'il avoit été capable de faire pour moi. Je me servirai, disois-je, de ma faveur pour le faire combler d'honneurs & de biens, & j'en userai avec lui de maniére qu'il n'aura pas lieu de regretter qu'il étoit prêt de me faire le sacrifice de ma fortune & de tous ses biens.

J'ACHEVOIS à peine ces derniers mots que quatre hommes armés se jettérent sur nous, & nous saisirent à travers le corps ; je voulus m'écrier, mais on me ferma la bouche. Il faut me suivre s'écria l'un de ceux qui me faisoit violence, il n'est pas juste que j'aye risqué pour satisfaire à vos desirs, que la perte de ma fortune & de ma tête en soit le salaire, & que pour comble, un Rival plus heureux que moi jouïsse d'un bien qui m'a déja tant couté à acquérir. Je reconnus Gusman à ce discours : & je jugeai bien par la témérité de cette entreprise que c'étoit un monstre capable des plus noirs attentats.

En vain voulois-je résister, il faut plier à ce nouveau coup ; l'on nous jetta Clémélie & moi dans une

Chaiſe : Guſman ſe mit entre nous, en nous avertiſſant de nous conduire avec modération, proteſtant avec le ſerment le plus épouvantable que ſi nos cris attiroient du ſecours, & qu'on voulut mettre obſtacle à ſon entrepriſe, le deſeſpoir le porteroit aux derniéres extrêmités contre nous, étant determiné de nous ſacrifier l'une & l'autre, plûtôt que de me voir enlevée à ſes deſirs.

Nous marchâmes trois jours & trois nuits conſécutifs ſans qu'aucun obſtacle parut s'opoſer à l'affreuſe entrepriſe de ce furieux ; le quatriéme nous découvrîmes la mer & un Vaiſſeau. Guſman jetta un cry de joye à cette vûë : mais un de ſes gens qui vint l'avertir qu'on venoit d'entrevoir un Détachement qui nous ſuivoit à toutes jambes, le fit changer de couleur & l'agita d'autres mouvemens : il prit cependant ſon parti ; il ordonna qu'on ne ménagea point les chevaux, & qu'on fit les derniers efforts pour gagner le rivage de la Mer, dont nous n'étions qu'à quelques milles ; nous venions de de relayer, il se flâtoit que nous serions dans le Vaisseau qui paroissoit à nos yeux, avant que les troupes qui nous suivoient pussent nous en empêcher. Un instant plûtôt nous étions délivrées. Le Détachement arriva sur le bord du rivage, lorsque nous étions dans l'Esquif; si le hazard avoit permis qu'il se trouva un bâteau pour que l'on put s'y jetter avant que nous eussions gagné le Vaisseau, nous aurions été remises en liberté; mais Gusman avoit tout prévû, il n'y en avoit pas un seul, & nous jugeâmes bien par le mouvement que se donnérent ceux qui nous suivoient en côtoyant le bord de la Mer, qu'ils cherchoient les moyens de nous suivre & de nous empêcher de gagner le Navire. Mais nous les perdîmes bien-tôt de vûë, le Vaisseau sur lequel nous fumes transportées, s'éloignoit à toutes voiles, & il n'y avoit pas d'aparence que notre Ravisseur eut rien à apréhender de ses ennemis dont il avoit craint la poursuite avec tant de raison.

Je ne vous rendrai point compte

de la douleur dont je fus accablée : avec les sentimens que je vous ai dépeints, vous devez présumer qu'elle fut extrême ; Gusman tenta vainement de la modérer, je le reçûs avec tant d'indignation, & je lui protestai avec des sermens si affreux, que s'il osoit m'aprocher que je me donnerois la mort, qu'il n'osa s'exposer à me mettre dans ce cas.

QUINZE jours après, nous rencontrâmes un Vaisseau qui nous donna la chasse ; il étoit Anglois ; j'adressai au Ciel des vœux ardens pour que le nôtre fut pris. Dom Gusman sans s'étonner de l'avantage qu'avoit ce Navire sur le sien, ordonna le combat & l'abordage. Après qu'il fut prêt à être accroché, il se présenta à moi le sabre à la main : Si je suis vaincu, me dit-il, je fais sauter mon Vaisseau ; il m'engloutira avec vous dans les eaux, faites à present des vœux contre moi si vous l'osez.

LE combat dura 3 heures ; je ne vous en ferai point le détail, je m'étois évanouïe au commencement de l'action ; en revenant de ma foi-

blesse,

blesse, Clémélie m'aprit que nous avions été à la veille de tomber sous la puissance des Anglois, qui nous combattoient, mais que les vagues irritées par un gros tems qui s'étoit élevé, avoit rompu les harpins & que les deux Vaisseaux avoient été séparés : elle ajoûta que nos gens s'étoient battus en desespérés, que le pont étoit couvert de sang & de morts, & que Dom Gusman qui avoit combatu en héros desesperé, avoit reçû deux blessures, & que l'on auguroit qu'il n'en pouvoit échaper.

Je ne sçûs si je devois me réjouir ou m'affliger de ce détail ; quand je fus mieux informée, je tremblai du sort qui nous étoit destiné, la moitié de l'équipage étoit blessé, l'orage nous menaçoit de nous submerger ; on étoit dans l'impuissance de faire la manœuvre, & il n'y avoit de bien expérimenté dans le Vaisseau, que le seul Dom Gusman ; sa précipitation & les précautions dont il avoit usé pour apareiller ce Vaisseau, ne lui avoient pas permis de choisir les sujets ; il avoit de meilleurs Soldats

 qu'il

qu'il n'avoit de bons matelots, ce qu'il en restoit connoissoit à peine la mer, jugez de notre peine & de nos frayeurs. Pour comble de malheur nous essuyâmes une effroyable tempête, nous pensâmes être engloutis mille fois par les vagues, & lorsqu'elle fut cessée, nous nous trouvâmes exposés à de nouveaux dangers: mais, que dis-je, ce n'étoit rien en comparaison de ceux que j'étois à la veille de courir.

Fin de la troisiéme Partie.

www.ingramcontent.com/pod-product-compliance
Ingram Content Group UK Ltd.
Pitfield, Milton Keynes, MK11 3LW, UK
UKHW021106270726
13993UKWH00006B/1038